葉俊廷 2013/1/29

003626

棄的故事

駱以軍詩集

謹將此書獻與　我的父親與母親

出生三日，母親將我棄於隘巷，馬牛過道皆避而不踐；母親將我棄於冰渠，飛鳥以其翼遮覆。如果遺棄是一種姿勢，是我蜷身閉目坐於母胎便決定的姿勢是一種將己身遺落於途以證明自己曾經走過或正在走過的姿勢。則不斷遺棄的，其實是最貪婪的，妄圖以回憶躡足擴張詩的領地？」遙遠的父親我見他掩面頹坐在狼籍紊亂不辨來去的足跡之前。「為何將我遺棄？」交遞遠去的回音。我問母親。母親問父親。妳問我。「遺棄便是足印。因為我知道妳將愛戀足印

目錄

小女兒

駱以軍

《棄的故事》是我二十多歲時自費出版的詩集。那時還說過這樣的傻話：「小說是我的大兒子，詩是我的小女兒。」意即小說，於當時的我而言，是要著盔備甲，持盾舉戟，傾全部未來時光之想像，以戰爭型態衝向讓我畏懼的、噩夢魔境的、自己將要變貌、裂解、肝腦塗地的志業。詩只是我羞於見人，童話小行星上的那株玫瑰。如今二十多年過去，我應寫了四、五個長篇和好幾本因週刊專欄而仍作為小說素描練習的短故事群。很長一段時間我不再寫詩，也不會寫詩（即我祕密的，曾有一本年輕之夢自費出版的薄薄詩集）。

那本綠皮薄薄的長形詩集，當時是我大學時詩選課堂上的作業（大二是羅智成，大三是翁文嫻），還有一群哥兒們弄的一份地下影印「同仁文學刊物」《世紀末》上發表過幾首，稚拙但透明。當時是師丈劉高興先生（翁文嫻老師的丈夫）——他已是重要的留法回國畫家，卻有一種像噴著光霧的獨角獸，一種朝向未來想像的創作者的夢想和對年輕人的熱愛——不收一毛錢，贈畫給我當封面，並親自幫我設計整本詩集的所有美術內容。我覺得他和阿翁老師，在做這件事的時候，完全沒將我當「未來的一位可能的好小說家」，而就是，那個當下，他們珍愛喜歡的，一個年輕詩人。另外，當時那本詩集的「自費」，其實是我父親從他退休金裡拿出五萬元，幫我印了五百本。他一生清介慷慨，晚年手頭甚窘，我卻記得他非常開心地將這本怪詩集，拿到同鄉會分送給那些可能完全不讀現代詩的，那些鄉音（南京）極重的異鄉老人們。我想那綠皮薄詩集，應該是和一些同鄉會訊一起被扔在某些老人堆滿藥瓶、傳記文學、剪報或他們的書信紙堆的床頭櫃吧？

後來父親過世了。他過世時我其實已三十七歲，已神魂定位是兩個小孩的父親了，但常仍因他的崩倒殞滅而有孤兒之慨。相比於在時光河流中讓我百感交集的艱辛，難以言說的像殞石擊打在月球表面的許多凹坑，對未來的惘惘的威脅，我常懷念他可以把自己更艱苦十倍於我的一生，過得慷慨、仁慈、熱愛生命和朋友。

有意思的是，今年，大約是春天之後吧，我發現我又開始「寫詩」了。當然還是一些或許讓嚴肅以詩為探索宇宙奧義，一生傾注心神智識為職志的詩人朋友，皺眉苦笑的拙稚創作。似乎，隔了二十多年，這個「小女兒」，像嬝嬝的蠟燭白色光燄，幽靈般地又在我的小說征途，盔甲破裂，刀刃蜷屈，小腿肚佈滿膿瘡和水蛭，眼眶不能自己流出眼屎和淚糊……我的「小女兒」在我敲打鍵盤，一顆字一顆字出現在電腦的藍光屏幕上（我從最初至今，所有的小說，不論長短，全部是手寫於紙張上）。

我不知道，二十多歲那個眼神還如此清澈、羞怯，但對某些神聖價值燃燒著瘋狂火燄的那個「小說朝聖學徒」，偷孵養在他窄仄貧乏的山裡宿舍的，那個「小女兒」；和如今四十六歲，靈魂裡插滿鐵屑和碎玻璃，瞳珠渾濁，頸腮處或不覺已佈滿鱗片的這個疲憊但或更寬容些，朝暮年餘生蹣跚前行，無有奇想的這個大叔的「小女兒」，她們之間有何差別？仍是那只時光培養皿中浸泡著，屈膝縮頭長髮如藻漫開，白皙如百合花莖的少女神嗎？仍是我最裡頭的房間，最隱祕的抽屜，絕不讓即使星空纏度紊亂，所有顛倒妄想、夢裡尋夢、所有崩塌與溶解皆無法侵入的那個「孩童女王」嗎？

於2012.11.26.《棄的故事》新版之前

墜落的深度

阿翁

「棄的故事」雖是其中一篇，但全詩集裡的每一篇，每一絲重要的弦線，當它強力地在你心中一彈，那陣陣的顫音，原來都為了同樣的哭泣而顫，那是棄的哀鳴。

活在當代，種種如石榴花爆開的訊息裡，在左在右，似乎只日夕為增加這個「棄」字的涵義。我們比任一代的人，更親近它，更了解它，如果有人要求舉一字而總括整個世紀末的風情，誰能反對「棄」的魅力？

詩人之可貴，在於他純乎天然地，被吸納進這麼一團溫軟濕潤又腐惡的無明裡，他不斷地跌進，「被放牧的身體，斷了繩」式的跌進。他帶我們嗅見這樣的景光「某些向上，或是向下翩墜的，靈和童身」，「童身童頸童踝童腕，銀質鐲鐐」，純然寂靜地在市曹戛聲，優美墜落。

一個城市的深度，便要看這些靈和童身墜落的深度，一種博大的透視象的能力，絕不是各位的風光和舒服所能輕易換取的，浮在表面的嘉獎，或攻擊，都是一場場煩躁的忙碌，適足以害事。我們永遠無法測知，深海裡冷暖流，何時偷偷交換了位置。

我喜歡駱以軍的詩，他讓我在快餐店出來，走在台北十字路口過馬路時，有了一絲的安穩。在張張疲倦焦慮的車內或車外人臉上，他讓我有信心，看見超越這些輪廓之外的，一點純然寂靜的光，讓我肩膀上輕輕漾起，遙遠的山澗的涼風。

對於詩在形式上的創造性，本來還該有許多行內術語要說明，但想想又都不那麼重要，便都忘了。

朝聖與返俗

士峰

或者，是一頁頁扉黃的詩頁正在塵堆中粉化。故事與故事的主角在一個荒漠的夜晚淪為一絲游動的磷火，哭訴著眾人遺忘。

只有記憶能擁有一雙蜻蛉般的薄網翅，纖靈敏巧地再三飛離，又棲回原地。可能是一根蘆稈，可能是一塊苔岩，但因每一次的滯空飛翔而暫失蹤影的泊停點，已蘊釀著下一次仍將出現的預言。一個必勝的賭注。

曖昧，風動於無形，泰半的時間我們是以模糊的影子在進行對話。似乎惟恐過度清楚的輪廓將可遇不可求的會意悉數限禁，並將潛隱於眼瞳至深邃的奧秘全然破譯，而喪失無盡之可能，無窮之探索與無名之悸動。

世界至此，似乎不再有原先對可能之臨界點所設定的不安。沒有一件事是真正完成的，總有偌大的領域等著被攻佔。同時，彼此對相互定位的恐懼，早成了一張涕泗縱橫的笑臉。悲劇與笑都曾與你我擦身而過，又迅疾遠離。沒人知道它將在什麼時刻捲土重來，重要的是起身迎戰。就這樣，隔著一層層沉積岩，成化石的真情似乎除了偶然條件與狂熱考古學的尋索之外，就只能躺在黑暗的地層中，哭訴著眾人之遺忘。

或者，是一片片童話的森林正在另一顆星球蔓延。歌謠與歌謠的吟唱者已在一個寒雪的天明攜著木笛執然離去，吹奏著無辜與棄。

無辜，仍因其倨傲邁步前行的姿勢。

城市迷離的重光，虛空的幻逝的疊影，都卡在速度飛馳與睡夢緩移這兩道逆施力量扯裂下的洞口。一些零碎的影像便如童年時所收集的郵票，一張張鱗列在猶如五線譜的集郵冊內頁，彼此面對面夾貼，一起被珍藏在書圖冊架上。

童話之迷人與不可思議處正在於，黑影幢幢的森林內有最可怕之獨白，卻又隱藏有精靈魔法與巧克力屋。戲劇性，陷阱、危機之暗伏以及人性之換喻，甚至，一切被誇張的表達在此界之內，都將是合法而具嚴肅意味的。

化爲光裏且殿堂沉淪滴落的雨聲

炮輝

如何凝視根錯節大槐樹上頂著的一湖湛色海洋
你聽到淅瀝的水聲，在插柳向雲天枝指間，滴落
你聽，那是悲傷的聲音
一擊擊敲痛了裸袒而真誠的心。

那些千迴百轉糾結的情思在語音間湧流，隱沒及浮現來自地底洞穴、陵墓，滴淌著寒涼的水珠與冰晶。
你嗅到了那股氣味了嗎？
是的，
那是積塵了幾百年突地開倉瀰漫的煙的光微粒

如何，

你可以在這裡發現這座幽冥的水晶礦脈
以深情架構譜出靡爛、毀壞、
腐敗之后的哀愁馨香
這是駱以軍的作品，是他的詩集。

那時是在天地交界，遼廣無人的深宇大殿，矗聳入雲的石柱荒圮蒼涼，
默佇靜立，羅滿彼身、含淚傾訴「我必是要承受千百入劫在慾污中開出
蓮華，綻放我幽晦曦明之光」，
頷首、微笑，而必是相見相守於側，我平定得無絲毫氣動。
而終究遺留了天地之音、情之音、景之音，遺留了心之音。
而我似是以光、以風，揉合死亡的節奏與內質裡的顫雲
而猶記得朔野風吹，清淨的他倚側。

而是的，謹為法門盡殊，各不相同。

字與字間強烈的撞擊，意象與意象間如兩具纏絞的肉體翻騰。質感與驚悚的事件，是為了撬開現實生命最鋼硬的外殼，他露出血肉給你看，逼使你喚起最噁心的，因潔癖帶來的歡快，但在文字圖騰的印象，血腥、淫猥、場景事件背後，在你嘔吐完框架自己的道德外衣及物象標準後，如果還看得到東西，那就是最深而純粹的生命質感的感動了。

有見光之華燦如「星座歌謠系列」關於宮崎駿這些詩，擺脫了早期對意象、事件強烈的著迷之后的改變，詩的節奏感取代了濃烈外象的鋪陳。而有一種或快或慢的輕快及速度，而原先封閉於地窖的晦鬱氣質，也在稀釋；成光，向光之朗亮與潔淨，屬於他的一貫氣味「悲憫」與「哀愁」。

我知道他的每一首詩，都是一種救贖，而也或多或少釋脫了那些被禁錮於意識靈界的某些精靈，因文字、因詩而賦予了生命及存在的意義（或者說是在此一生界描摹出牠們存在的生命形態、外在及樣式）。而這是極少數的人，才有能力可涉介的境域。

一直相信，生活及生命的詩感是更讓自己追求的，如果有一天，可以到達無文字詩、有生命詩的境界，那將是一個高的境界，倘若連「生命詩」也能超越，那麼對於己身將已完成。創作的路沒有終點，一路翻越過自己，不將有止境。

詩是靈魂最私密的顫音，一首詩，誠實地面對自己的要求，便是一首好詩，詩是極度個人的文體不是征戰殺伐立功立碑的武器。

我知道駱以軍懂得。也希望彼此互勉。

恭喜他，出版了自己的第一本詩集。

春

Spring

春

好疼好疼地涉過那無橋的河
我的母親們在上一個渡口棄我而去
我在她們的大腿醱酵我答應帶走的謠歌
一莖一莖的小花
在我們隔岸對唱的空隙處冒出
好疼好疼地跳過我穿了許多衣裳的瑜珈
挑剔記憶那些
濃一些成醬淡一些成齋粉的

墓碑的顏色
從前那些船伕鼻下清澀的鬍鬚
你只記得在災疫震搖中
尖鬧嘩笑提著裙裾跨逃出框格外
的母親們
有時用色燦亮了些　但
有時你不允許她們
因慈悲而溶成稠液

各各他情婦我的叛徒

（我的優美寫在我每一次嘲笑時牽起的皺紋）

黃昏教堂鑲彩窗上交疊映出衣不蔽體的你
和黑披風重回北地的情婦
各各他的叛徒
告訴我
我們的優美流落何方
廣場上的少年扒手在教堂鐘塔斜影裡
指指點點
黑披風的老婦將額抵窗台

看著衣不蔽體的你十字架上的你
燭光和讚美詩中
不再忸怩不安
告訴我
各各他的叛徒
告訴我
我們的優美呢
如今淪落何方
廣場上的少年扒手踢踏木屐
嘩笑著追逐你老去的昔日情婦
他們將她剝得精光
擰著她枯萎的白髮遊街
癟掉的乳袋和少女般的大腿

光澤如緞使圍觀的男人猶心旌淫蕩
各各他的我的叛徒
她跪倒在地
裸著少女的大腿老人的肋排
我的叛徒告訴我
我們的優美
淹沒了蜚語和側目的我們的優美
為什麼成為祭台上的花束你顱上的
或者街邊被人逐打的
我的衣裾零亂
「被關在窗外的人們啊
對於優美除了膜拜便是唾罵。」

那年，在各各他我們的畫室
你站在窗口睇視長街
裸著被暗室漂白的身軀
睇視長街上飢餓的少年
被剁去十指的扒竊的手掌
捧不起餿水桶裡鮮豔的湯肴
我的叛徒你嘆口氣將窗掩上
十指冰冷撫娑我如緞的大腿
和少女的乳房
那年的各各他我們的畫室
狼藉的顏料、鮮花
畫架傾倒紙團遍地
還有我們做愛的漬跡和氣息

「不要出聲，」我說
「時間在我的撫娑下繞指呻吟
然後剝去戀棧在妳肌膚上的
道德的猶疑
成為優美。」
那年贖罪的法官和背德的寡婦
趴跪著從我們窗外的長街爬過
被夕陽拉長的影子
順從地蜿蜒成積水
流向你白日傾倒彩料的溝窪
「救我，」我說
被你喚醒的騷動和渴望

在內裡將我未來的回憶狂暴吮盡
但你只是嘆息將窗掩上
裸著被暗室漂白的身軀
在我身旁躺下
任我們的憂傷
不再倒映出靈魂和景色
止水湖泊一般的沉默之中
各各他我的叛徒
我的叛徒衣不蔽體
在十字架上哀傷遙望
黃昏教堂的窗玻璃上
愕然的少年扒手圍住被他們剝光衣裳
嚎啕大哭的老婦我的情婦

那年我恍有所悟
披上黑披風回到各各他
「以為
我們的優美
藏身在偽惡的表情後面，」
淫慾、顛狂、空虛的嘲笑僵硬的調情
在神殿的廊柱間追逐
故意讓妳的衣裾在每一次躲閃時留下線索
「原來不是藏身是
迷路　我的肌膚迷途在你
自相糾纏的指端。」
辛苦佈局的迷宮我們

自始就不存在的優美
在最裡面的房間
等待至枯槁
飢餓的少年們僵硬地死在你畫室的窗下
他們的孩子掠奪槍械自相殘殺
孩子的孩子焚毀教堂在大街遊蕩
各各他我的叛徒
黃昏時我重回此地
額抵窗口問著十字架上的你
美麗的你說謊的你告訴我
我們的優美如今淪落何方

棄的故事

壹

如果
遺棄不再是我
向生命漠谷憤怒擲去的回音
而是姓氏
是母胎以膣溫熱吻上的烙記
則我們又何須竭力爭辯
那年冬天

究竟是妳的遺棄將我放逐
在詩和頹廢的邊陲
或僅為了印證詩和頹廢
我，遺棄妳。」
那年冬天
我耽迷於鋤地耽迷於種植
在詩和頹廢的荒野
不睬彌天風雪
狂暴
殉情在我熾燙髮髭枯槁面頰
屍身以淚的姿勢優美墜落。
臘末雪深
我晨昏哼吟走板歌謠

赤足踩過
霜蝕菽葉和九節芒花
模仿巨靈淫邪的舞步
遙遠的父親
「我是處女和腳印媾合的私生子
出生三日，
母親將我棄於隘巷，
馬牛過道皆避而不踐；
母親將我棄於冰渠，
飛鳥以其翼遮覆。
如果遺棄是一種姿勢，
是我蜷身閉目坐於母胎便決定的

姿勢
是一種將己身遺落於途
以證明自己曾經走過或正在走過的姿勢
則不斷遺棄的，
其實是最貪婪的，
妄圖以回憶躡足
擴張詩的領地。」
遙遠的父親
我見他掩面頹坐在
狼藉紊亂不辨來去的足跡之前
「為何將我遺棄？」
交遞遠去的回音
我問母親

母親問父親
妳問我
「遺棄便是足印
因為我知道
妳將愛戀足印甚於
愛戀我的足踝。」
那年冬天
我將妳植於雪蕪的荒野
不待抽芽
便踩著巨靈淫邪的舞步
哆嗦離去。
「如果妳至今猶被我置於遺棄的雪蕪荒野

那麼請記住
遺棄是我最濃郁灼烈的吻
是我
囓咬妳一生陰魂不散的
愛的手勢。」
「你究竟是誰？」
「我是棄。」

貳

周后稷，名棄。其母有邰氏女，曰姜原。姜原為帝嚳元妃。姜原出野，見巨人跡，心忻然說，欲踐之，踐之而身動如孕者。居期而生子，以為不祥，棄之隘巷，馬牛過者皆辟不踐；徙置之林中，適會山林多人，遷之；而棄渠中冰上，飛鳥以其翼覆薦之。姜原以為神，遂收養長之。初欲棄之，因名曰棄。

棄為兒時，屹如巨人之志。其游戲，好種樹麻、菽、麻、菽美。及為成人，遂好耕農……。

給棄婦R

遲疑舉步由你
執我前袖悄聲離開
反手掩門
將一室燈火輝煌
悉數遮斷　從此命定終生離棄
離母棄父焚生辰紋相
諸神與羅剎
華服和笑語

而後離妳掩面裙裾抖索
（熟練將遺棄剝製成乾燥的鄉愁標本）
但是在那個記憶的罅口
我們寫在水紋上的殘花和詩句
終會褪回苞膜褪回沉浸
褪成光或眼淚的原色
涓滴而竭
「那年之後，
我的涕泗已化為呼息
在每一不動容的瞬間。」
妳這樣安慰著我

遺棄美學的雛形

當然
妳離坐復回坐的空檔
已綽綽允許我和時間簽下協議
「關於此次愛情的羊水
已因您預支過多回憶的陣痛
淅瀝流盡」

妳安靜坐回適才時間和我對話的位子
目光猶疑停在陌生的煙尾

（時間從容不迫地徐徐吐煙
「但是你的牙上已有明顯的煙漬」
我忍住笑告訴他。）

妳目光遲疑卻在我的微笑下順從地羞怯低臉
「這裡的冷氣太強，」
身後的鳶尾花悄聲起舞
從化石舞成背影
妳開始和我講起這間咖啡屋盥洗室的地磚
美術燈，以及芳香劑的種類

「子宮中的胎兒，

已癟縮成詩，
像木乃伊一樣，」
我亦告訴妳我房間收藏的嬰屍
有一個尼泊爾人轉手其中一只時告訴我
它已有四百零七歲
並且仍然憑藉著這個軀形正常老化

酒精皿中下垂的肚腹
灰白恥毛和蜷曲如蔓的足趾
「忍不住插嘴，」時間說，
「關於我齒上的煙漬
是等速於您
以生命紙捻
向我換取智慧的交易往返

燼落與附著。」

「昨晚夢見你將我遺棄，」
妳打了一個寒噤，撒嬌的告白將成讖語，
「將我們的孩子，盛入酒精皿，
成為你諸多收集中一只不起眼的標本。」

時間早已離座
但他留下的煙尾猶兀自鼻息
「同情哀愁絕望亢奮自卑肉慾
喜劇與神話
諸多嬰屍您皆收藏，

只剩下不起眼的一只，
那便是遺棄。」

於是，
在妳離坐復回坐的空檔
我和時間達成協議
「我的愛情掩面後退，
平躺在地成為你菸息濃厚的倒影。」

至於鳶尾花裙衫狼藉的舞姿
和　嬰屍的故事
我會將它們記載在
關於妳的標本譜上。

金牛之歌

請走第一步進來
請走第二步進來
燈光會從你進來那刻
自遠處的房間開始黯滅

只剩下
我們蹲下
寂然相覷的側臉

房間在我和你之間　淡遠淡去
几上的花瓶、床底的衣箱
你的照片不再的相框
風箏和風霜
你記得光黯去前
它們的位置嗎

請走第一步進來
請走第二步進來
說不說話
不那麼重要了
夜空裡

低飛過銀河的白鳥
翅膀結了冰
生命正一點一滴離開我們的話題
還是得隱忍著
看著彼此
不為周圍　一棵一棵撤去顏色的童話森林
分心

那些在房間裡
燈黯後緘默了的舞步和迴旋
人們忘記了
我全部記得

請走第一步
請走第二步
然後　進來

雙魚

我是水，無論你走至何處，我轉。

我總是靜坐窗前
生命為何還沒開始
便泊止於此

我比他們還洞悉生命
但受苦的依然是我

黎明前他們從時間的橋面跑過

而我總是弓身藏在夜的凹槽和脊樑
啊　夜的驚悚和懸空

後面呢後面是什麼
我可以看見畫了腮紅的木偶
游過星河的豚和女人肩上的刺青
我是預言的卡珊德拉但是
預言不是常比荒城中奪食腸肚的兀鷹更令人厭惡麼
我總是停格在生命開始前便先凋敗
我總是靜坐窗前因為攔出的雙手追不上壞毀
而嘆息總比灰燼更失落地
顏色從母親留給我的臉開始剝落
髮如青燈一盞一盞由你的指紋間放流

我是打碎的水鐔　永遠
看不見眾生的倒影
卻在眾生的肖像紙宣上
被它們
點滴吸盡

銀樺樹之戀　之一

而我始終端坐如初
如
懷胎三月的少婦

風華灼灼不能自己
遇妳之後其實便已泥濘
只是來往過間行人無一知曉

蒹衣素鞋走過
（襪沾塵　薄面被我顏色染）

而我始終端坐如
暗自擊筑的彼日午
灑灑人聲遠近
妳揚袖起身

而我始終端坐
而我始終端坐
而我始終

銀樺樹之戀　之二

三月裡入城時我看見一株銀樺
它底枝葉輕輕搖曳
那時驛道上的官兵正強拉民伕
婦人們打翻了竹簍跌坐在廢墟裡哭泣
「這是亂世。」
我趴在銀樺身後輕輕嘆息

銀樺呵輕輕搖曳我

輕聲嘆息

四月裡有一隊戲子踏爨經過
臉搽白粉額抹黑墨
傳言城破前皇帝手刃了公主為恐遭賊人凌辱
兵燹燒紅了南北州道連續數月不夜的天空
這樣的時節裡
有沒有人會愛上一株銀樺
愛上一株屍骸狼藉野狗爭食腸肚曠野裡
孤獨佇立
兀自清潔兀自少年的銀樺

夏

Summer

夏

愈遠的街你便用腕去隔
背向著憑窗欄杆在白鳥之前
有一些我們的童年自電車
木屐而下
好靜好靜地泊過來喲
以為要揹著這街過一生了
以為在揮手後可以蟬飛入光的眼瞼
以為妳花裙子下黑細的小腿

被街車攔斷的景致中
有更多樹的圓點
有更多學童小帽滿街翩翩
有更多慾念隱在光的裸裎
以為可以分心得更多
以為可以悠晃
隔到更遠的地界

喪禮進行中我暫時離開

我從課室窗外的蔭影踩過
第一回低頭疾行
第二回偷眼覷妳
十三歲澄澈的想望
沒有意外
一開始就是一群人裡
沒有著彩的那個
今後永遠稀薄成影子的肩架

還有眼神
我依約而來
踩著走廊沁涼的樹蔭
和時間的倒影

來回兩趟
為的是告訴妳這以後一切發生的經過
十六歲那年來潮
十七歲那年故意失去童貞
伏在男人的胸膛假哭聳動著
猶是十三歲女童的乳房和肩膀
十九歲愛上鄧肯
並且會抽菸

「先告訴我，我最後是死於哪一種死法？」

走廊上的蔭影開始哆嗦
慢慢退色成妳的顏色
二十歲第六次自殺
從此連死也倦懶
二十二歲那年讀馬克思
遇到一個男人
愛上（真正的）
做愛、爭吵
在巴哈的喟嘆裡
做三明治給他吃

「那個人就是你吧。」
沒有意外
我站在妳十三歲的課室窗外
望著妳終要稀薄成透明的
眼神
一開始妳便知道是我
十三歲的少女
眼裡流轉的是
等同於整幕生命的漠然

二十二歲和我做愛
始終抿嘴最後說了一句

「十三歲那個下午，
就知道，
會愛上你，
一輩子為你傷心。」
然後哭了（真正的，）

二十二歲的春天愛上我
冬天成為我的寡婦
時間的光軌裡我們始終
被離心在邊遠寒冷的那一環
微弱的不渝約定也將
搓扯成真空

最後一個清晨
並肩站在公園的音樂臺上
舉手遮光數著天空裡
十二只沒有心思的白色風箏

我依約而來
告訴妳這以後一切發生的經過
沒有意外
轉身離去的時候
聽見我們的影子
任性地坐在課室外的走廊傷心哭泣

女信差的不渝愛情

（我懷疑，妳們當年寄給我的情書，全被她給燒掉了。）

那個時候終於決定為自己的寂寞
找一個藉口了
怎麼樣的一個藉口呢？
這是最後一次
將戀人焦灼等候的情書
擲入火盆

「只有我是

不渝地愛著。」
那年她十九歲
而今無人對猜測她的年齡
感興趣

「只有我
不渝地
愛著。」
哀婉的告白浪漫的誓盟
瀰散強烈憂愁氣質的故事
在火光裡掩面黯然
和上次未燼畢的字句
於是你知道

會有一位穿郵政制服的
女信差　帽簷遮住眉眼
在你的那些情人門前佇候

然後將她們的愛情打包入囊
你知道
她騎著刷上綠漆的腳踏車
經過　你們曾經的
校園彈子房社區草坪
和花店
你知道
那些華麗的情詩終到不了你手裡終會成為灰燼

你的情人們終會把你忘記
只有她
女信差
從十九歲那年
就不再寫信
卻從不停止　她的
不渝的
嫉妒和愛情

勝還

星空焦糊如涼置底湯
苦鹹冰冷寂寂啜飲
濕履輕踩趿地無聲
劍耳於佩鞘窸窣低語：
「袱中首級兮顛簸欲吐
化蛇肚腸兮破腹而去
凝血研粉兮可療箭瘡

那個哀哀告饒底聲麼
封入小瓶
帶回江東換小兒詫喜的嬌笑呵」

悼念我離家出走的洋娃娃

穿越我的脊背
淋漓的昨夜宛若冷膠
宛若螢光漆
清晨我經過街道
妳底眢濾便一波波
從沒有面目底灰色人群

候車那邊

盪來

「Take easy！」
這樣說著。
盪開。
很多正在開放，有的
殘忍地捏掉，有的套上白襯衫
或者沾著茄汁的嘴討論。

液態的動作
沒有裂紋　或
匡啷聲響
是不是一隻　留下液跡的

軟體動物呢？
水蛭　或者剝去了殼的蝸牛
之類
哭泣　軟軟地裂開口　等不及
消音
跟隨著　候車的人們集體哭泣

我划著步子行走
更多的破綻而出的布絮
零落遺失　會不會有人爭著撿拾？
不敢回頭

繼續（有些得繼續）
嘩啦嘩啦
嘩啦嘩啦
繼續

窗

街邊有狗
從清晨開始
沿著另一個世界的垃圾山丘
或是黑泥塘溝
翻拾過來

還有紅毛線衣的孩子
拖兩條綠鼻涕

踢狗
汙黑
爛瘡底腳趾踢在污黑爛瘡底皮毛上

不要踢它啊
想對孩子說
但是第二天她便不再來了
換上花布裁底衣裳
倚在街口微笑

媽媽說麗紅人客來了緊出來還不
說完將窗掩上　知道
街邊仍會有狗

也是埋頭翻拾過一身癩痢慢慢死去
然後是另一隻狗
從清晨開始
沿街走來

某日午後闖進十六歲F冥思中途的課堂

靜靜坐下在時間的末端
我們被嫻熟喊喚的名字
隔著課室桌椅空盪盪在講台彼方
陰涼微笑地看著你
推門進來前是否正是一場
人影翻動一如過去
課桌凹槽泛著薄光桌面積塵
許多年過去有人死去有人成名

有人不再記得此地
我們開始懷疑　推門前
是否正是一場人影翻動
板擦散著粉屑飛過　你
暗戀的那個女孩攏著裙子
坐在桌上和她的死黨們
那些名字們規矩坐在他們的位子吵鬧
靜靜推門進來靜靜走進你時間的初站
靜靜望著你那時被嫻熟喊喚的名字
孤單坐在講台彼方隔著排列過去課室桌椅
靜靜對你微笑

秋

Autumn

秋

萬指千指屈拗成燼
萬指千指屈拗成焚
萬指千指屈拗成盆成晨昏
自昔時華麗蝶蛻起身
夫以軀成幹妻以歡鳴的喉頸依附纏藤
夫以銅色身妻以乳白黯入潑燙的夜
批頰躲閃指穿過濕木屑穿過
格子窗應聲碎裂

碎裂時低頭不捨光塵飛去的己身
有小童在我們的臍肚間持風輕歌
有人在我們枯葉面容最後落處
靜默聆聽

一個老婦在輪椅上緊握她從前的郵票肖像

如果最後秋天躺在妳的掌中死去
我會仍舊看著妳
不動聲色
繼續說話
不讓妳發現　我已發現
妳底老去
親愛的□□
把妳的掌握張開

那些孩童們掩身在九重葛架後
模糊的笑臉
新娘白紗
一隻黃粉蝶飛進寧靜的醫院午後

那些燈罩上烤乾的郵票
之前它們被浸在盛水的便當裡
看著妳的眼睛聽妳說話
新娘白紗
我不再瞳焦的新娘
看見那些在窗台上移動的光嗎
親愛的□□
看著我聽我說話

我們會像季節一般成為人們的話題
我們像苦楝樹一般成為人們經過時墜落的聲音

像我黯然離開猛一回頭
以為會像昔時
迎上春花一般底燦爛微笑

柔軟的三人探戈

門打開
踩過櫸木地板
他帶著當初從我身邊
帶走的女人
回來
「原諒我好嗎？」
這許多年過去　我已
老去
闔上書頁時幾乎無法分辨

是紙張脆裂的聲音
抑或體內某些
原以為不堪承受的
孤寂、嘶喊、或著囓咬的一些
終於碎成粉末

「原諒我好嗎？」
多快樂啊可以原諒可以
不原諒
女人較無情　叨絮著
當年的一些細節
並且為你說話

許多年過去
可以原諒可以不
想告訴你　其實
我已經原諒你了
並且總是在思念著
這許多年過去
我總是在書房內睏倦睡去
有時有誤飛進來的黃粉蝶
焦急地飛不出去
有的折翅死在角落
有的被乾燥機吸去水分
安靜平躺在我龜裂的手背
「這些年
我始終非常痛苦」

我知道　想告訴你我在意的其實是你
但是這時駝背女傭敲門進來
晚飯準備好了呢先生
將你們留在這裡
掩門離開前我看見你
蹲下身子哭泣
想告訴你　這許多年
過去　我已老去　彆扭
多疑　並且羞赧

我原本可以和他們跳一曲
柔軟的三人探戈的

對於詩人J失戀事件的一段與之毫不相關的感想

那年的戰爭實在說不清誰是誰非就糊塗開打
說書老者一個響屁
座下四散驚逃

楊延輝跪別老母踢開了妻
星夜飛馬五更回金營
孫悟空留下字跡束好腰帶
筋斗剛起劈啪一個巴掌按在地下

馬皇后一雙大腳
抱起麻子皇帝抱回了大明二百餘年的烽火與恩怨

那年的戰爭我誰也不幫
只是咕咕咯咯踢掉了鞋子湊熱鬧亂跑
說起來天下大亂
就因為洪太尉一時好奇掀了鐵板放倒石碣
銀光乍迸

一枚月亮輕顰淺笑卻被后羿放箭射落在井底
回座的時候說書老者垂耷著頸子睡著了
朱紅批注一朵朵在唾涎裡擴散

那以後我便知道
立馬征戰溫酒斬梟雄的架式
將只在時間漠野刮耳的風暴裡
寂寞舞耍

像在歷史的暗流裡蹬開
每一隻溺水的手腕和人聲嘈雜
偷偷將歲月的契約延期
更多的臉譜、唱腔
更多的悲喜交集風流與倜儻
直到有一天　驚恐地看到

我們圍坐在長木桌上的地圖和儀軌旁

煤氣燈下禿頂的頭顱
茂密的疲倦和爭辯

地窖上方的馬廄旁
一個女娃把轆轤井裡的月亮
舀起來吞掉了

關於宮崎駿

下一個約定
便是關於飛翔了
我知道　他們都在瞞我
在灰色的風衣　或者
曳地的新娘白紗下
藏著
開始在脊背墳起的
羽翅　或透明薄翼
因為興奮而微微顫抖

在他們談笑自若的眼神中
我看見　正在祕密交換著
一個
雲朵那邊的約定

獨處的時候
他們會茫然若失
念念有辭
背誦著
曾經隨跌落一併遺忘的歌謠
飛翔之歌

他們都在瞞我
其實我知道
我會在一個滿月的夜裡
被翅翼拍擊聲驚醒
從窗台
望見他們像
撒向天空的蒲公英籽
迎著月光
輕唱著　離開暗影中的井臺和磨坊
離開
無論如何辛苦假裝
也不被他們　視為族類的我

天平

他們問他為何放棄這次的升空計畫
他遂蹲在噴泉廣場的石磚上哭泣起來

時值戰爭的最後一個冬天
迎敵升空的同伴像白鳥一般無聲地墜落

他描敘著他和他母親站在廢墟兩側的那個鏡頭
在記憶的透視法中朝消失點奔去的影子們

但他始終在遷徙中不曾離開原位
「始終保持均衡
像貼著光河的水面掠翼而過」
他母親等待著他飛奔過去
但他戴著飛行帽　在那一瞬間
多希望自己只是灑在河面上的光圈呵
他可以圖解出自己在離開上一個自己之後的
每一過程
如果生命可以始終
在掌聲或淚水的謝幕前
提前由側門離場

天蠍之歌

某些
向上
或是　向下翩墜的
靈和童身
我的慾念
一筆一筆
為它們　著彩上色

何必言及天地
此刻
我的紋身　並
微光中撤退的一些
依稀往事

有了光
有了記載
有該被遺忘的
在痛娩裡棄握而去
某些向下翩翩墜落

不是花落

是天地
在痛裡分開

「妳是我少年的輓歌」
童身童頸童踝童腕
銀質鐲鐐
鎖住他註定要放浪形骸底
白色軀幹
車裂　在痛裡分開

「她酗狐狸
在人們開始傳說以前

如同我們某些私密的癖好
寡婦、男童、或餿掉的大麴
只是因為……」

市曹裡
戛聲向四方裂碎遁逃
他們
被處決的
繾綣的那次晨光

悲歡

放牧我們的身體
在碑和裂綻的邊境
昨日身如花如乳石
在夜與夜的間隙滴落
放牧我們的身體
放牧慾望與夢

荒饑蔓延在
輕聲的喘息叢林

放牧我們的身體
慾望嚼食著夢
彩繪沿腿腹流淌
蜿蜒向足趾
以及　陷入的剎那

放牧我們
身體在無法挽回的下降中
聽見
那些在光裡　繁簇開放的

拳與指

身體在無法挽回的黑暗航行
拳指在腹脅　委屈綻放

昨夜身聽見花如乳石滴落
昨夜花聽見碑在夜海中航行
昨夜我們聽見
慾望如蟲蟲竄行
喀吱喀吱嚼食著夢
聽見　放牧的身體
斷了韁繩

冬

Winter

冬

他們抬著十字白袍底哀槁人子　漫行過曠野
地界邊緣泛著前日黎明底白色
在億兆星河膨脹如你陰部
底白色
大批異族曾在一次無聲的寒冽季節　黯然離去
他和那群獵人匍伏在凍裂的河床
模仿一切人在審判前應有的追逝和懊悔
讓自己相信自己是一只風標

從任何一座空城的牌坊開始結冰
從任何一座空城的哨樓開始結冰
從任何一座空城的烽煙開始結冰
他們用一條骯髒的薄被抬他進城
淫汙手臂拖過雪地礫成紫色
他期待有一些路燈會次第點亮
他默許他們在飢餓時
撫摸他傷痕纍纍的身軀
他以為他聽見一些河流的歌聲
但他的眼眶深陷
手臂直直插在極光下孤寂的雪原中央

關於詩人F一幅蠟筆畫之殺價過程

初

第二日我幾乎盹坐成石
那個修道僧姍姍來遲
「我很疲倦。」二話不說他將我面前一杯
盛養太陽花的清水仰頭飲盡
「並且口渴。」
自巴格達穿越尼泊爾
到此

潔白的僧袍裾端被迷醉的女教徒扯成絮條
並且被褐銹血斑染得汙穢不堪
「可怕的是瘟疫。肉體正以來不及驚覺
官能情慾的速度成堆擲入火堆。那裡面有
老人、少年、美婦或戰士。」
這一次他不再神色肅然和我爭辯邪惡
昔日長髮因過度曝曬而退讓給凸隆的前額
鬍渣布散在旅行途中用軍刀刮面留下的傷疤四周

甦

藍色的他環抱著橙色的他自己
那年愚人節剛過

他將房門深鎖
窗格以鉛皮封死

我們都知道
他在房間裡
握住自己的陰莖偷偷哭泣

「愚蠢比邪惡更可憎。」
但是肉體等不及我們賦予意義
便面無表情地墜落
掙開曲線
或者靈慾爭辯之類張開的手指

六月
他將房門打開
形容枯槁鬍髭　滿腮但兩眼晶亮
我們握住酒瓶
旁若無人地經過檯球桌邊的人們
眼睛調情的女同性戀者
痲瘋病患、扒手和摸骨占命師
有個綁辮子的中國小女孩
在吧台邊賣花的時候
被那群早洩的傢伙俐落地強姦了

我們經過他們
大聲爭辯旁若無人

光影變遷顏色明暗肢體的擺動
一切後退成為背景
嘶喊厲嚎淫笑么喝盡皆消音
一切靜默成為背景
成為供我們沉思神情傴僂身姿走過的背景

「一切在後退著成為背景」
他苦笑著向我埋怨
這些年我注意到他開始使用短潔的斷句
類似咸言或更近似預言
女孩子有一個故意落隊
在井邊張開十指著迷地朝著陽光灑水

有一個抽泣著蜷伏在他的石膏大腿上睡著了

這是最後一次在世紀的終結　我們
為著年代嘆息
肉體不理會時間的痙攣、陣痛
和羊水擺盪的感覺
加速成為肉體它自己
「然後面無血色的她們
機警而屈辱地將腿邊穢臭的胎衣、臍條
和你那些用花莖或月光描述她們
卻被用指血的詩稿
匆匆打包托看護婦丟棄到街角。」
他實在是不適合扮演先知的角色

因為他過於嘮叨、碎嘴
並且喜歡在演說過程流著口涎睡著

紀元

「肉體正歡愉地成為肉體，
她畏怯地踞坐上他的腰際，
我是橙色。她說。
我是藍色。他說。
……
房間裡悲慘地傳出他們腿側揉擦拍擊的聲音。」
或者如我盹坐成石
肉體成為肉體

非關情慾

顫索眼淚血或者皺紋
（熱水瓶旁的收音機播出
穴居於這個城市廢墟裡少年們蓄長髮群居
在工寮裡交換著彼此的手替彼此手淫用自己的手
嗑藥打針）「再沒有比這更悲慘的了，」
我誇張地驚喊
但他已不願和我爭辯邪惡
人們開始遙想
在顏色之前
我們是如何從射精的虛乏裡
呼喊彼此的名字

我是橙色。我是藍色。我是寂寞。
我是思念。我是罪。我是救贖。

我是女人。我是男人。我是獸。我是淫慾的臉。
我是歌德。我是把神學院女生肚子搞大的教授。

神話

還有一個女孩
在房裡踢毽子然後慢慢老去
牆上那幅畫的粉蠟開始融化
有某些
只因為他在驚醒時擔憂著

是不是早已講過不讓重覆洩露他衰老失憶
的祕密　而
永遠
決定永遠
不讓我們聽到了

「還有一個女孩在房裡踢毽子……」
但是，他將我打斷：
「生命真相的擠迫
已不允許我們再負荷任何一絲美麗。」

顏色以顏色回答
但是房間裡有一幅蠟筆畫

這些時日我刻意懸掛
用松節油漂白
有一種年代渺遠的感覺
為的是候你隨時推門而入

「再沒有比這更悲慘的了。」
角落裡一個滿肘銀鐲的女人悄然離開
畫室的主人責備地看我一眼
那年你將畫贈我
我沒有顏色回答。

六月的靈幡上開出了一串白蟹蘭

第二年我重回故地
把你們零灑遍地的落瓣拾回
那如今只能成為蔻丹或香膏的材料了
孩子們掏我的口袋　狡猾地兜售你們
革命的歌謠
我聆聽入神
努力想矯正幾處錯誤的押韻　卻
想不起來

隔壁的我們的歌聲囂肆穿牆而來
歪戴軍帽尖笑著模仿他們的口號和軍操
用鐵鉗夾住火炭點菸

碰杯時棕櫚酒潑濺在嗆口的革命草圖上
（六月我黯然離席
旁顧無人把幡上的白蟹蘭偷偷揣入袖襬）

孩子們滿意地將歌謠轉手給我之後
便一字不漏悉數忘光
疲倦於交相指責　究竟
遺忘較接近還是沉緬較接近腐敗
最初的錯愕

也哆嗦蜷身成
背對世界的頑固姿態

「如果寂寞也可稱為墮落的話」
第二年我重回故地
向孩子們買了你們的革命歌謠
在沒有白蟹蘭的黑色靈幡下
傷心知道
關於那場喪禮
我們皆已墮落
我墮落於遺忘
你們墮落於
至今猶任性獨守無人出席的
空蕩靈堂

水瓶

親愛的葛麗絲塔　妳
安心地睡下吧　整個
城市的街道在妳被夢境壓平的直髮下
展開
妳看見那些流過輿圖　河一般的車燈嗎
親愛的葛麗絲塔
睡下
慾望　謠言　童年死去的狗

瘟疫　屠殺　以及妳虛榮追逐的野戰軍裝
城市的燈在被妳遠遠拋在後的輿圖上
一盞一盞點亮
親愛的葛麗絲塔安心地睡下
夢的速度太快而
夜的幅員總不夠當妳的跑道
人類的臉龐不祇在妳燈光掃過的暗處
痛苦痙攣
但妳總是不耐　因妳
聽見靈魂的引擎在極速的爆裂中嘶吼
車胎在彎道滑擦而出的焦味

葛麗絲塔冷寂的窗外並不

總是流星的碰撞、煙火或是銀河它華麗的圖徽
妳總是在速度中串連妳的記憶
妳遺忘的星輿在妳熟睡身軀下方
城市裡河流一般的車燈緩緩落後
葛麗絲塔妳熟睡的臉龐在夜空發光
而人類的驚懼呻吟混淆成泥彩
永恆在妳遺忘的光圈之外
原地打轉

惦記著那些在他們身世裏的自己

圖書室裡他們翻著一本線裝書
光從玻璃帷窗湧進
悄聲地　有一些祕密在進行
但是要從哪裡開始呢

從已經腐敗蔓爬在耳際的私語
翻開的章句已加上眉批
（倒敘）

從一個已然昏黃的午後之井開始
井底浸著銅幣和臼齒
沒有揀選　心機
或者教養的微笑
從一條竄過巷溝的銀色小蛇開始

但那只是倒敘
時間的進行中故事仍得慢慢蝕盡
他們記得第一頁插畫中
時間的禁錮是由圖書室開始？
而我急著打轉
但那一切只是倒敘

故事的重心　之後甚至
成為一隻銅幣花紋的蛇
關於一條蛇
你們要怎麼去傳說呢？
如果
最終綁住生命重心的那線幻覺
終於切去
懸垂而下時還會在乎
口語喧譁眾說紛云？

我是一具被切斷絲線而下墜的軀體
降落前
還掛心著

影幕那邊的觀眾是
尖叫、詫笑　還是歡聲雷動
鼓掌（這一切只是倒敘罷了）
從一個已然昏黃的午後之井開始
惦記著那些在他們身世裡的自己
突然想起
時間的禁錮　已從圖書室開始
再打開書時
故事隨光塵亂飛
光翻著書頁
身世翻動著光

徐徐降落時有人推窗探頭
喊我的名字
每一層帷窗的玻璃記錄了
每一格下跌的姿勢

翻開的章句已被人悄悄加上眉批
我始終
惦記著每一格
在他們身世裡的我自己
從一個已然昏黃的午後之井開始
從下墜的那刻開始
但那一切只是倒敘

後來的…

Afterward

想不起來

1

很多年後
我們會忘記當時有多愛多愛某個人
腦部被生命隕石擊凹削去最繁瑣美麗的邊飾
不，像被小銅杓挖空見底的冰淇淋鐵桶
忘記那些隱喻如珊瑚礁孔的，白化死去的詩意告白
但只需想起這一句便足當證據
在某個你緊抱住她的神祕時光
那時不知海竟真會枯而花崗岩也真的會泥爛

某個神祕孤獨時刻
你（那時的你）心裡悲傷的想：
「如果她愛我像我愛她一樣，就好了」

2

有時你會出現這樣的幻覺
似乎你是在佈滿塵霾和冰霰的烏托邦平原
那顆有颶風和粉紅色天空的荒涼星球上
沙礫飄飛，太陽暗紅
沒有任何生命
除了你獨自待在那空洞的景色裡
你覺得這非常美，美呆了
但你又覺得自己是不是瘋了

你沒有辦法估據這個景色
這時候
在你的頭頂
不是一艘、兩艘、三艘
突然上千艘的外星人的飛行器像鳥群嘩啦嘩啦嘩啦飛過
它們的形狀全不相同，沒有一艘顏色一致
或許你的幻覺讓你認出，極近距離舷窗裡
某幾張你在「過去」那宇宙熟識的臉
有一瞬你想起某一畫面，騎獨輪車的小丑，
穿荷蘭女僕裝的熊，一隻悲哀的單峰駱駝
金色衣裳的女人
漫天紛飛的白蟻（那是邦迪亞死前的街景？）

你知道它們飛過這一刻（掠過你頭頂）
就會遠離這顆充滿條紋、斑點，不知何人遺下運河，和
大片沙漠的死星
它們會散飛像無垠的宇宙

「你為什麼哭了？」一旁的生命指數監測器說
你把那小小金屬蚱蜢的夥伴拿在手掌
「媽的我剛剛被一個叫做『愛』的東西撫摸過　別吵」

3

那種濕雨中我們身旁經過的其實只是一條人煙稀少上坡
石板路
卻因那些圍牆上的青苔，濃密的樹林

整片煙濛濛的灰綠
像走過一片墓園道
母親打著傘，我也打著傘
這是學期的最後一天了
接下來的假期，這個小校園將更空無人煙了
我們走到那警衛亭前，居然裡頭也沒有人了
那警衛亭應是日據時代所建
八角驛亭，碎磨石牆，玻璃窗框還是深綠漆的木框
用非常複雜的支架方式將窗外撐
校園裡也是一片灰綠色雨霧籠罩的靠擠在一塊的建築群
和那些大麵包樹，欖仁，鳳凰木，白千層，或椰子樹
一片空寂

許多學生早已回去了
通常是那些開著黑頭車的父母，還帶著司機，或美麗的穿洋裝的妹妹
來搬下那些平日就裝腔作勢傢伙宿舍裡的一箱箱書或雜物吧

像我這樣到車站等了半天
然後和母親撐傘步行走來學校的
應該是絕無僅有的吧
但我很快在掛著奶突玻璃罩頂燈的穿堂
遇見一群認識的傢伙
便走上前加入他們把母親甩開

不過這群平時在宿舍分看那些猥褻日本女優照片說黃色
笑話的傢伙
似乎被母親美麗年輕的儀態嚇到
他們變成一種忸怩低聲交頭接耳的模樣
「你母親是個美人啊」

我們被擊垮了嗎

我們被擊垮了嗎
我們變得可愛，虛弱
在騎樓邊沿，只敢躲進光的世界
不敢像孔雀魚巡游在最髒汙河道
那層層疊疊真實的我們
瑣碎，黑暗中如腳踏車輪鋼絲輻射，酸臭空養樂多瓶
單隻臭布鞋，豁裂唇沿的妓女，盆栽，和壺
那一朵朵翻開的惡之曇花

或是相反的
我們只敢跙跙躐躐在騎樓陰涼
祖先（我們自己變成的）夢裡
重描刺繡，重穿發白高中軍訓服
重撥轉盤叩嘍叩嘍電話筒
把自己變成一家矸仔店
不敢像鑽進暴雨傾盆
其實鑽進我們這時代把什麼細縫、小斜影，參差全核爆
焚滅
的整片強光裡

我們被擊垮了嗎
我們其實已不在這世界上了嗎
我們被那小玻璃酒杯倒扣住了嗎
那些我們多年前貪歡好色按倒強姦的無知少女們
她們潦草蹦下的孩子們統治的世界
無限延展到天際線，包圍在這斷瓦積垣的最孤獨倉庫了
嗎

即使我們那麼美
（她們不是一直都那麼說的）
即使我們誠實
（當然我們後來狡猾躲進一種說笑話的誠實）
即使我們靈魂的每一翻頁

都是這城市整條街整街被推平，每一格被壓扁尖叫的老門框
它們原本的故事
作為逝水年華的那個記憶
我們
我們還是被放逐到焚風烈焰眨眼之瞬裏進最薄最窄的那個【　】裡嗎
年輕時我們老想把它們剝開但剝不開
現在我們被關在裡頭
像受騙的神燈巨人
「等等，你們，真的，不想，知道，那全部的祕密了嗎？」

親愛的

親愛的列車愈行愈遠
空氣愈見稀薄
我們看見海鷗倒著飛行
或者我們看見母親被吃掉的小海豹在月光下悲鳴
親愛的我只抱歉我們是這樣方式老去
沒有想過它這般自由
沒有想過它這麼孤單
親愛的我從不是在哄妳

雖然背景音一直有讓我們心慌的汽笛

我們貪看風景
月台閃過那些頹坐老人眼如夢寐指甲捲曲
「我們會變那樣嗎？」
更多年前妳會擔心偎靠我肩
我們已變那樣了
但我們學會了印加人吹口哨比親吻還性感
我們學會了在窄走道學老鷹揮翅逗笑害羞的孩子
我們的膝蓋壞啦
我們記不起彼此美如鮮花兒的模樣啦
我們曾經比小丑還悲傷

比酒鬼還溫柔
親愛的然後我們變現在這個模樣啦
但為什麼妳總在皺眉頭
我們終於知道鬆垮垮的淡風景
就是這樣漂流，旅行，攤開地圖然後忘記了
硄啷硄啷，硄啷硄啷
鬆垮垮的擁抱
鬆垮垮的酒後扯屁
鬆垮垮的解夢，哀傷報紙上那些不公平
鬆垮垮的發誓這次我真的不離開妳啦
但妳已眼睛笑瞇如貓無所謂信或不信

曾經我們以為人會愈變愈好

我們在斑馬紋晃漾的這節車廂走到下節車廂
我們啊猶豫在某個停靠小站是否下車
也許會認識別的人兒
也許別的人兒會用另一個方式記得，因此有另一個我

沒有更好的
也沒有更壞的
沒法更濃郁但也並不更淡漠
不是因為同情
也過了自傷的年紀
左頰，自在飛花
右頰，隱沒進時間它努力在融化中喊停

笑，並沒有相反的表情
悲欣交集
思慕微微
恍然感激

妳說「我一直在等你先開口」
妳說「我在年輕時就夢見這一切了」
妳說「我已經原諒你了」
妳說「真是不甘心」
妳說「答應記住最美麗時候的我」
只是當時已惘然
妳說「不想就過了這樣的一生」

好日子

七月
然後是八月
然後是九月
然後是十月了

日子的後面還有日子
但作夢為何會醒
醒來坐床沿抽菸

喝杯隔夜茶水把靈魂囚室裡
那盆枯掉的鐵線蕨澆澆水

這樣熱的白天
因此連夢裡的街道
都像在一只玻璃盞裡灼燙白銀的燒燈
進來出去說了兩三句話的人影都被蒸發掉啦

還是作了功課沒寫而暑假已結束的噩夢
還是作了偷了哥兒們的女人
但上鋪下鋪他還跟我說有一天考完咱們去荷蘭嫖妓吧
這樣的噩夢
還是夢見父親的鬼魂

拉著我的泳圈在浪裡浮沉
沙灘上的比基尼少女們變得好遠好遠
這樣的噩夢
還是夢見把最重要的人兒丟在市集廣場
人群裡挨擠著　像鑽進整游泳池的柳丁裡
手臂亂掏一模一樣的他們
想大喊那弄丟的名卻發現這是默片
這樣的噩夢

日子的後面，夢被燒灼成銅版畫
流動的蚯蚓紋，銀泥色的眼淚
從我是個孩子的時候

便總被這些夢嚇醒
像有人拿匕首貼著涼舌頭
說出去就滅口喔

但其實真正活過的時間
比這些夢境可怕
但為何我可以坐在這邊的時間這邊的床沿
噴著煙覺得還好
還好，醒過來了

覺得自己是隻夢裡拖了一道濕跡爬出來的蛞蝓

夢裏我們飛行過那些蠟筆畫般的灰綠田野

夢裡我們飛行過那些蠟筆畫般的灰綠田野
傳送
取消
或存入草稿匣
其實在夢裡我牽了妳的袖子
妳掩臉說妳已經老去啦
但夢裡我記得我臉紅像第一次見到這樣美麗的女孩
當然這些年我在城市的酒館

暗滅不明的燭光
練習看那些美麗的臉
而漸能坐定如禪僧

夢裡我們飛行過卵石灘上那群垂頭喪氣的年輕士兵
我常聽見魚缸裡幫浦打水的寂靜聲音
或者後來

我以為自己強大到可以不害怕小時候害怕的那些
失眠夜在暗黑裡睜著眼
經過葬禮的車隊
因為害羞而在人群中沒伸手給被欺侮的人
父母的死去
面對神龕裡煙霧迷漫的女神而起遐思

醫院，迷路，車禍躺在馬路中央孤伶伶的一個人
害怕我只是在內心獨白，別人卻聽見啦

我害怕的事兒更多啦

夢裡
有一次
我在滂沱大雨中等妳
像我們年輕時那濕漉漉青苔的蜿蜒階梯
以為來不及跟妳說那句話啦
而山就要塌平，激流將淹沒一切

我會變一隻無法口吐人語的
濕淋淋的白鷺鷥揮翅飛起
我驚嚇的醒來
發現，那句話，許多年前
許多年前就對妳說啦
是好險還是悵惘呢

就這麼多年過去啦

從前有一本書叫做

從前有一本書叫做愛比死更冷
從前有一本書叫做人生不值得活的
從前有一本書叫做蒙馬特遺書
從前有一本書叫做餘生
從前有一本書叫做懺悔錄
從前有一本書叫做屈辱
從前有一本書叫做生命中不能承受之輕
從前有一本書叫做你他媽的也是

從前有一本書叫做我曾伺候過英國國王
從前有一本書叫做迷宮中的將軍
從前有一本書叫做同學少年都不賤
我喜歡一個名字叫怪物們的晚宴
從前有一本書叫做卡拉馬助夫兄弟們
從前有一本書叫做綠房子
從前有一本書叫做白噪音
從前有一本書叫做金色筆記
從前有一本書叫做紅色騎兵軍
從前有一本書叫做黑牢訪談錄
從前有一本書叫做青銅時代
從前有一本書大家都知道叫香水
還有一本叫酸臭之屋

放屁的歷史，髒話文化史
有一本叫你拉狗屎
有一本叫終於直起來

鱷魚街，福婁拜的鸚鵡，等待野獸投票，狗日的糧食，
狼圖騰，群象，魚骸，
我是貓，袋鼠男人，偉大的猩猩，千羽鶴，白鯨記，阿
根廷螞蟻，騎鵝歷險記，蒼蠅王，蛙
從前有一本書叫做法國中尉的女人
從前有一本書叫做來自中國北方的情人
從前有一本書就叫做美國
另一本叫德語課

從前有一本書叫做阿拉伯的勞倫斯
有一本叫里斯本圍城史
有一本叫布魯克林的納善先生
有一本米格爾大街
有一本叫柏林童年
最後一個摩爾人

有一本最乾脆
就叫異鄉人
也有數字滴
1Q84，1984，2666，三四郎，九三年，七信使，第六病房，第五號屠宰場，10 1/2章世界史，百年孤寂
一千零一夜，八百萬種死法

我想我們會好好的

我想我們會好好的
雖然
有一些小小的我們壞掉啦
雖然
不再是那個鬃毛發光的我，眼波流轉的妳啦
雖然
被這個世界玷汙的藤蔓刺青
洗不掉啦它祕密仍在咬著我們皺掉的皮膚

雖然
我的眼白像老房子的牆角那樣發霉發黃
我的肺泡像噴槍燒灼的保麗龍蜷曲又粉碎
我的心啊
像一億年來隕石擊打的月亮表面，處處凹坑
我腦袋裡的電線斷掉啦
我們的孩子流掉啦
他剛長出小鼻子小手指短絨毛或貝殼回音
聽見深海鯨鳴的小耳朵

但我想我們會好好的
這在我們年輕時猜想之中
有一天妳不再芬芳

但那樣陰暗著臉講妳壞話的人就少一些
有一天妳走過街巷
男人們不再偷瞄妳窄腰長裙下的瘦腳踝
但那樣酸液般灼燒我髖骨的焦慮
就淡一些
「花都枯萎啦」
但生命的流河它無止休
我想我們會好好的
第一次的迷路
第一次的臉紅
第一次吞下煙吐出來
第一次驚奇摸女孩兒的臉摸那鳥喙般的小乳蕾

第一次妳從街對面從光裡朝我走過來

它都是真的
它都是真的

雖然
整片麥田的穗子都得了白化症
雖然
山無陵，江水為之竭
這樣的景觀真的在發生
雖然
有一天我們牽手去逛動物園
所有的斑馬獅子長頸鹿大象

都用人類才有的表情在流淚
雖然
他們把髒汙的瀝青抹在少女白皙美麗的胴體
雖然
我們的腎上腺我們的淚腺我們的荷爾蒙小管
被他們玩成鏽鬆的水龍頭
每天濕淋淋鎖不緊所以變廉價的
這個被拍成了淫照的世界

但我想我們會好好的
沒有彌賽亞
沒有約翰藍儂和瓊拜雅

沒有阿含經沒有若始菩薩從兜率天降神母胎
也就是「未來」成了一隻沾著蛋殼和稠液的小鳥
小翅骨和眼睛還未睜開
我們就把牠在掌中捏死啦
「他為什麼要這樣做？」
人群圍著打他，吐口水
為一個變醜的世界真正害怕
他們想照幾千年前的古老方法
放火燒屋
燒掉整座災疫邪祟之城
砸爛已汩汩冒出黑液的老神祇
出埃及記
將這片文明廢墟成為棄土

但我想我們會好好的
「這是亂世」
我們在那晃蕩的火車上
用外套蓋著頭在裡面親愛的接吻
我們為未來的孩子命名
而且決定教他的第一件事就是用溫柔盛大的眼神看
那些美麗的，朝花夕拾
在古老年代就被崇敬命名的事物
不該被羞辱
不該被剝奪
不該粗暴的買，悲哀的賣

不該是場瘍的謊言
妳說「看！天上那像銀色魚鱗的颱風雲！」
我知道我們會好好的

河流啊河流

河流分兩道
一條流向未來
一條流向永遠

我們因為在這條河道
當分岔看著妳在那條河道波光粼粼
的小船上
以為啊以為啊那是回望記憶

以為啊以為啊那是傷痕舊照片
一個彎道不見了
妳停在永遠
發光的永遠
純淨的永遠
不會再被世界玷汙的永遠

後來，後來，後來的許多祕密時刻
我說：「唉唉妳看到這個景色就好了。」
我說：「原來如此。」
未來原來是這樣的
像那個口吃的玩笑
一瓶洋酒一萬六

開！開！開！
小姐把瓶塞啵打開了
開，開什麼玩笑！

或是那些企鵝的笑話，小駱駝的笑話
神父和修女的笑話
我們聞到臭味
不再驚訝那不是漩流腐爛葉子的臭味
不是河灘裂開肚子狗屍體的臭味
是我們自己衣服下身體的臭味
我們意會原來孤獨是這麼貧困乏味悲傷的事兒
性愛這般美好卻無法收藏

在陌生城市流浪如此自由卻旅費總用罄
溫柔的慈悲我們總將它們弄碎
害羞但固執的尊嚴
自嘲卻潮濕的雙眼
（「我這生算是完了」）
恐懼時抓住妳的小手
羞辱的說謊
害怕自己美色不再的矜持
喝醉時告白第二天的懊悔
被遺棄的滋味
被原諒的滋味
被信任的滋味
被擁抱的滋味

他們像整袋灑開的珍珠，碎玻璃，彈珠，小金扣，鑽石，
瓶蓋

很多時候
我的自言自語或對虛空中的妳說話
只剩下無意義的嗚咽
「河流啊，河流」
未來就是枯黃捲曲的菸草
你不點燃它它也霉了潮了
你點燃它它也變讓人懷念的白煙和氣味

我曾想過
有一天我終會遇到河道像左手右手親愛的牽握合攏
我們終會又遇見
衰老的我悲不能抑
少女的妳一臉燦爛

妳或問我「那是怎麼樣的一種滋味？」
我說：「一言難盡，百感交集」

就較長的時間觀看

就較長的時間觀看
愛與恨其實是不該作為相反的等價對照
某段時光
你深深恨某人
恨不得啃其心食其骨
很多年過去
完全不恨他了
什麼也沒留下

非常莫名其妙
當時的忿恨完全是白恨了
真的是夢幻泡影

但若你曾深愛某人
許多年過去了
不愛了
然仍會對那個曾經歷之種種
充滿懷念和感激
像某個烈日正午
曾經在某個異國小城的西班牙天主堂
那個牆垣上乳黃漆面斑駁裂孔
移動的流光

你或想不起他的長相了
但那個祕密的時光
你總會訝異的在自己腦海的暗室裡
巡梭，躑躅，像魚缸底部的小汽泡浮起
像小時候，舌蕾舔著棒棒糖上的細微顆粒
回憶一些「那時」的小小細節
跟那個已經不愛的，遙遠的那個人完全無關
只是一個溫度，光線，房間窗外雷雨的午後，煮咖啡的
蒸氣氣味
一句傻話
突然湧現

愛比恨划算

愛是能量守恆的
恨比較像股市瘋狂下單然後被坑殺了
一場魔術罷了
魔術者也
極短暫時間計算眼睛或心理慣性的錯覺

牡蠣

也許像咬破的牡蠣
再沒有形狀了
沒有激情
沒有憤怒
沒有羞恥感
一種髒髒黏黏的手指記憶
臭味被檸檬蓋過了
「這是怎麼回事？怎麼變這樣？」

滑滑黏黏的胡鬧一場
被強姦過了
調伏
調伏
調伏
在一旁看哭泣的少女被強姦
調伏
調伏
調伏
世界每日，喔不，每秒，在分娩著一個比它自己巨大萬
倍的世界
不，世界腹瀉了
亂噴變成髒水，沒有形狀的不是它自己的那滿漲淹出的

世界
怎麼辦呢
他，像吹法國號將每根手指輪流吮過
想起那些美麗女人的乳蒂
對我說
「都是海水的鹹味」
裡面，外面，軟體動物，或我們這樣的高等脊椎動物
痛感的演化
神經中樞的演化
恐懼的演化
哀愁的演化
夢的演化

克服性慾只為一晌貪歡美之暈眩的演化
理解遺棄這件事的演化

她說「不是這樣的，不該是這樣的」
她說
「我憧憬過一些飛行的方式
譬如白鳥

但今天我突然想
白鳥是啥？
飛行中的一隻白色的
什麼鳥類？
白頭鷹？

海鷗？
鶴？
鴿子？（這太不帥了）
鵜鶘？
天鵝？
雪鴞？

但似乎沒有一種清晰浮現其形貌的禽鳥
比『白鳥』這個空幻的飛行物，詩意」

「後來我想
在我不為人知的夢的天空不停止飛翔的那隻白鳥

其實是一只
我認了你陷溺在那冷酷異境
當初卻無比專注，何其溫柔
一動一動教我摺的
紙飛機吧？」
她說

床邊故事

他假裝是飛行員
偷走我們那次穿過天空
原本可能在亞得里亞海的藍色鏡面
看見我們像白鳥優雅滑行的倒影
他假裝能弄出一桌芭比的饗宴
當然我們哄他
我們吃的淚眼汪汪，狼吞虎嚥
舌蕾如同一支交響樂團風狂雨驟的演奏

像潛水夫踢著蛙蹼鑽進層層疊疊的珊瑚礁叢
他假裝是精神病院院長
安靜吸菸坐旋轉椅聆聽
所以我們把暗影深處
摔破的玻璃瓶，被灌了汙水的絨毛熊
咬爛的指甲，口罩，插滿針的巫毒娃娃
全排在他桌前

他假裝我假裝你假裝
在一個化妝舞會
這時，我說「停！」
我說「看著我的眼睛」
他看著我的眼睛

我說「看到我眼睛的最深處」
我不知他有沒有照做
我說「我不知道他們是從什麼時候傷害你？
但我想這是最後一個機會」
卡車在遠方的公路像鮟鱇魚列隊巡游
有時我們坐在巷弄的咖啡座
被高壓電箱的低頻音弄得狂躁痛苦
我們不可能裝作什麼事都沒發生
我曾告訴你我愛你
我又說了一次
「我曾告訴你我愛你」
「我以為這是最珍貴的事了」

但我從不覺得這丟臉或可恥
他說「誘惑者的日記」
他說「讓人討厭的松子的一生」
他的頭像節拍器那支銀色的尺來回擺動
他說「認真了，就傻B啦」
我說
「但我以為
愛是像九曲連環球那樣的東西
在裡面，在外面，夢外之悲
夢裡不知身是客
光的褶皺是影
影的卵殼是光

在回憶中一次次摸索的某一塊喉骨
但更多時光是踏空在全然孤寂的闃黑
哀慟又感激，心碎卻又幸福」
沒有東西可以被拿走的
像海洋的呼吸
白鳥的撲翅
星垂平野闊
月湧大江流

我說「最開始的時候……」
最開始的時候
愛如灑豆成兵

愛如細胞分裂
愛如一千零一夜
的
第一次開口問
「為什麼是這一夜？」

「不為什麼
因為它為你啟動，由你命名，如電如露
有顛倒有妄想有恐怖
因為你而一次次修補
因為你才有了開始的概念
因為你才有了流浪這麼巨大的詞
因為你才發明了遺棄這麼痛的感覺

因為……」

「因為……」

他睡著了
長睫毛覆蓋如蝶蛾的翅翼
像所有好奇聽故事卻從不打算收拾殘局
的
小男孩

女神

他們問我為何不再好奇

我曾目睹你臉如白銀
甲冑如火　笑靨如花

我曾目睹你被熾燙玄鐵穿過琵琶骨
摔墜入海
整個洋面瞬間沸騰
煙霞遮天

像一萬只蒸氣火車頭同時涕泗滂沱

我曾目睹你像蜂鳥那般拍動翅翼
瞞過時間之神
褪去她像銀河星雲那樣織針紛繁的晨褸
讓死亡白皙的奧麗圖景
豐乳肥臀在我們眼前如瀑傾瀉

我怎麼可能再對任何事好奇

也許白鷗飛過冰原
曾夢見我為你流淚的畫面

南半球的漩渦順時針而轉
這是真的嗎
所有的故事都倒過來說
所有的眼淚結晶成礦石
所有的憾悔
只因當年害羞而縮回去的手

大火焚城，流星如雨
江河乾枯，群鳥飛離

那一天
你還記得我嗎

你還記得我嗎

一天到晚游泳的魚啊

一天到晚游泳的魚啊
魚不停游
一天到晚想你的人啊
愛不停休
滄海多麼遼闊
再也不能回首

魚兒魚兒魚兒水中游　游啊游啊游啊樂悠悠

不停的游啊不停的游
有一天妳說
世界其實是像雲霄飛車軌道那樣的弧圈
我啊是倒著看那些拿著仙女棒的小丑，融化的鮮豔霜淇
淋半沉帆船的綠蒼蠅
長鬍子的蓬裙女人，尖叫的咽洞裡粉紅色魚鱗

有一天妳說
在最遠最遠那一端
有一個外國人靈魂長得和你一模一樣
於是我知道妳不只在旅途不斷漂流
因為只有在棲息某一以為此生如此的靜止時光

才能日後魚拓某一張不是月台人群　快轉影片的臉

不停的游啊不停的游
有一天妳說
後來我愛上那些個漫天飛花的謊言
看它們飛行，交錯，包圍那不存在的城市
遮蔽那已發生的另一個噴泉廣場
說謊者失去了「這個」存有
卻站在這空的木箱上跟你說話

但有一天妳說
時光會讓那些虛與蛇委，蜷縮成一個真實的夢境

不因為懊悔，因為懷念
不因為色情時光之收藏
因為感激
不因為在失眠之夜
狐疑又相信，羞辱卻終於描圖真的不漂亮的自己
而是因為衰老如舊電影院的排隊
長長的安靜的他們
你終於沒有特別之處

一天到晚流浪的魚啊
魚不停游

有一天妳說

你會記下我，現在這個我
最年輕美麗的樣子嗎
那是許久許久以前的事了

風箏

因為我知道妳是個，容易擔心的小孩子
所以我在飛翔的時候，卻也不敢飛得太遠

我知道妳容易被瀑布間的風驚嚇
被海面上整批銀色的魚的浮屍
悲慟掩面
我知道妳害怕地鐵裡尖聲哭喊的，穿的整整齊齊的美麗
女人

妳不喜歡人們背後無意義說他人閒話
妳不喜歡看到別人羞辱難堪

妳是容易害羞的小孩子
所以這麼多年妳
在陌生城市混在那些陌生人裡過馬路
妳在漫長狹小的飛機艙裡
歪著頭安心的睡著
那些運河，安靜餵食海鳥的老人，街頭陶缽裡零錢脆響
的芭蕾鞋女孩
他們在我霧漸散去的夢中愈遠愈淡
妳卻愈自由，輕輕跳著

我曾想過
如果妳疲憊結束那薔薇色龜裂地圖的旅行
回到我們的小白屋
卻發現我已離開不在
那該怎麼辦
我曾想過
妳目睹了什麼樣孤獨又讓妳眼瞎目盲的奇景
譬如雪原上空整條無垠往地平線那端垂瀉的銀河
譬如彩色沙漠上空的龍捲風是什麼模樣
或是那些悲傷的墨西哥人，倚靠在月台梁柱吹奏薩克斯
風
那個清麗的哀鳴只有弄丟孩子的老鷹

才會在高空盤旋發出同樣的嗚咽
譬如一整座小城的人像小說中說的全是面孔白皙的盲人
妳會不會在遙遠異國櫥窗看見另一個一模一樣的妳自己
我們曾經那麼傷心
年輕時的誓言竟然破碎如將廢墟土牆剝落的風
但為何體會它，感激它
總必須將這樣一個如書頁夾住的透明葉脈
像地球儀轉啊轉到遙遠不知名的異國
因為它終是一個
風中塑膠袋，旋轉打滾的旅行
我曾經答應
如果死去

為了讓妳安心
那將風鈴細碎嘩令嘩令
是我終於散潰無形
卻仍守約來看妳

但我喜歡哄妳
兩臂平展作出飛翔的姿勢

我對妳說「要強大」
我對妳說「要耐心等候全景的浮現」
我說「我會一直待在這裡等妳回來」
我說「因為我知道妳是個貪看美景，渴望自由，卻又容易害羞的小孩子」

滅絕

那是一個永遠的黑夜
不
是一個永夜中的枯寂荒原
不
是荒原上一群目光呆滯的迷路羊群
其中每一隻羊孤立又不祥的預感
每一個夢都預演了它偎靠的這一小群同類

最終在這片穿透不了的黑暗中
被吞噬，揑扁，消失
但它的智力又無法想像
最後的滅絕來臨那一刻
究竟會發生什麼事？
有什麼實體的感受？
會痛嗎？
會流很多血或眼淚嗎？
會看見和自己一樣的同伴形骸
被肢解四分五裂扔散各處的慘狀嗎？

或是這一切其實已發生過了
只是它們並不知道自己其實是

已不存在的過去的幻影

在這樣骨頭發出嘩啦嘩啦大鐵桶裡碎冰塊翻攪的聲響
我以為淚流不止其實是冰雕的眼球在融化
我以為我穿著銀白盔甲張展大羽翼在護衛著
恐懼塌陷
變成薄薄黑影的我愛的人兒們
卻不想這一切原來是我夢中哆嗦而幻造
有一些故事是這樣說的
我召喚來的天使神兵流著淚圍成一圈
終於，終於要斬殺那個造成這一片屍骸遍野的
妖魔之子

卻從懸浮於億萬光年外的其中一片碎玻璃
瞥見
原來，原來
這一切漫漫長途無有終點的大流浪，大拯救，大冒險
最後的密碼拆解，就是
把那柄方天畫戟插入我的額頭

這個故事多麼悲傷
但我要說的故事比這悲傷十倍
比空無的等待
比永恆的漂流
比天地間原來只有你孤單一人
還要悲傷

還要悲傷哪

我們曾以為從裂開天庭那一瞬金光
跑出的小人兒
嘻嘻嘩嘩
在層層巒巒的地景奔跑
他們在小教堂辦婚禮
上哲學課，野餐，學習衝浪和風帆
甚至拍電影
搭鐵軌弄起蒸汽頭火車
並在其中一節車廂裝模作樣的用銀叉瓷盤用餐
他們說咩咩咩

他們說牟牟牟
他們說啦啦啦
他們說殺殺殺

後來，後來只剩下一座無人的空蕩蕩的廢棄遊樂場啦
只剩下朦朧黑影的巨大摩天輪，線繩牽絆的旋轉木馬
野鼠進駐的恐怖屋
一整牆面沒有槍射擊卻塌癟的彩色氣球

還有，還有
最開始妳引渡我到這河流盡頭下岸的
那艘早沒有槳
喙脫羽毛醜陋的，鴨子船

其實我一直在做這樣的事

其實我一直在做這樣的事
只是妳沒有發現罷了

我曾經像蜂鳥
整個肺囊扁成一張絲手絹
只為了奮力揮翅讓時光
如瀑布倒流
所有妳懷念的人兒

全倒退走坐回那車站的月台

我曾為了博妳一笑
千軍萬馬前玩穿著甲冑放屁
香蕉皮滑倒　或擰那個龍城飛將的鼻頭
使百萬精忠之師一夕叛變
我曾經推倒繞滿整個小學操場的骨牌
它們悲傷躺倒前一個同伴
那漫長的嘩嘩死亡時刻甚至像午後的一場雨
甚至延伸到樓梯　升旗台　實驗室　或後牆外那片
傳說有迷路小孩的鬼魂仍在裡頭打轉的整片芒花蕩

有一天我發現我肩胛骨後的那對羽翼

終於萎縮成像兩朵小白菊
額頭的神之印痕愈淡愈像去歲的香灰
我知道所有璀璨所有逾越之貪戀
都要交出珍貴之物以交換

我漸漸不記得我曾擁有的
美德　夢想　其堅如冰的銀色頭盔
誠實　為人們的不公義而淚流漫面
它們已漂流至遠方
像乳白的星河和黑天鵝絨夜幕神祕交會　穿越彼此
的粼粼波光
他們說

銀燭秋光冷畫屏，輕羅小扇撲流螢
商女不知亡國恨，引刀一快Keroro

他們還說

一朝春盡紅顏老，花落人亡兩不知

其實我一直在做這樣的事
只是妳沒有發現罷了
我倒著走　倒著說話　倒著吃飯
只因為我其實已經是不在了的那枚倒影
我一直在偷偷等著沙漏翻轉
第一撮細沙如雨簷水珠滴落

於是夢被重播像一張螺紋全眉開眼笑或擤鼻哭泣的黑唱片

那時
妳走上妳讓諸神噤默的舞台
雖然整座劇院塌陷在時間失落的粉塵與樹蕨裡
妳依然風華萬丈
全然無視這那在無數劇作裡一再出現的壞劫與死亡
負棄或等待

妳說「你怎麼那麼晚才來」

敲三下

敲第一下
桃花瓣那讓人怔忡的臉
突然透明成水母
於是看見齒　骷髏　鼻竇
像X光片那樣
煙燻玻璃看見有細柴在燃燒
她說「這是現在的我」
不是剝開

……沒有開鎖
讓少年腦額葉沸騰熔化的那個芬芳
像茉莉花那樣細碎潔白的芬芳
一直想掀起那若隱若現的薄紗襯裙
怎麼有些女孩那麼傻就把祕密交出去了呢
人類的文明一如一座老鐘塔垂直上爬的螺旋階梯
總是在攀爬中　剝落　耗盡　彎駝　發出尿臭味

敲第二下
女孩兒滿眼滿臉的笑紋
像銀色小魚
在玻璃紙褶皺的波光間輕輕搖擺

妳說
霧失樓台，月迷津渡
桃源望斷無尋處
我不知道那些時光妳曾和那些人說話
妳像總坐在公車最後一排
看那些年輕女孩使盡本領　媚態可掬　香氣襲人
像水族館每夜拿小紗網撈起灰色魚屍的清潔工
它們原本是寶藍配嫩黃　孔雀藍　銀紅　斑馬流動的影
子
然後妳要在這麼清冷卻穢濁的散宴時刻
吟吟笑著搖著一杯金黃如麥芽的酒
慈悲的溫柔
修補他們哆嗦的噩夢

超度那些餿掉的荷爾蒙
那些天一亮必然蒸發煙散的羞辱和怨毒
宿醉如鎚擊冰塊　必然後悔的唇舌酸臭的傾訴和眼淚
妳說
落花人獨立，微雨燕雙飛啊
妳說
我有好多話想對你說呢

敲第三下
那時
最甜蜜無猜的時光
妳問我有多愛妳

「像整個銀河系的星體都在燦爛燃燒啊」
妳問我會愛到多久
「像整個銀河系的星體全燃燒殆盡
剩下一整片上千萬顆白矮星的枯寂與暗黑」
那時我說

印章的故事

駱以軍

年輕時懵懂用了「棄」這個字作書名，其實那時哪懂這個字在生命史中真正開啟的恐怖哀慟。不想這樣二十多年下來，這個字倒成了我小說書寫的咒語或預言。像必須補足學分，像孫悟空幾個筋斗雲往天邊飛去，就是翻不出如來佛的手掌心。如今知畏，不論身世之哀，設定於父親那一輩的花果飄零，或在後四十回所看到的「棄」之後的慢速塌毀，自我的臉在痛失所愛，天地不親的哀鳴中變成怪物。這種種都不是當年寫「棄」的那個年輕人能想像的。重出這本「時光膠囊」，印刻初安民先生建議我在每本孤立之書，這「後來的故事」，蓋上父親留下的藏書印。我覺得那像是父親私祕給與我的祝福和鎮魂之印。如何在這樣荒涼暴亂人世，雖然疲憊且常驚慄惶惶，然作為我這一組故事的第一個被拔掉的字，到他過世之前，仍在被棄的流浪中，從孩子，青年，終於成為老人，仍不改對那不辨在何處遺失，遺失之前那文明全景的孺慕，對泥灘腳印般凌亂但至少此刻真實踩下的不虛無。不瘋狂迷亂。不否定那遺棄之前，人該有的尊嚴和美麗形貌。

INK PUBLISHING 文學叢書 343

棄的故事

作　　者	駱以軍
總 編 輯	初安民
藏書票設計	鄭　綸
責任編輯	施淑清
美術設計	空白地區
美術編輯	林麗華
校　　對	施淑清　駱以軍

發 行 人	張書銘
出　　版	INK印刻文學生活雜誌出版有限公司 新北市中和區中正路800號13樓之3 電話：02-22281626 傳真：02-22281598 e-mail : ink.book@msa.hinet.net
網　　址	舒讀網http : //www.sudu.cc

法律顧問	漢廷法律事務所 劉大正律師
總 代 理	成陽出版股份有限公司 電話：03-3589000（代表號） 傳真：03-3556521
郵政劃撥	19000691　成陽出版股份有限公司
印　　刷	海王印刷事業股份有限公司

港澳總經銷	泛華發行代理有限公司
地　　址	香港筲箕灣東旺道3號星島新聞集團大廈3樓
電　　話	(852) 27982220
傳　　真	(852) 27965471
網　　址	www.gccd.com.hk

出版日期	2013年1月　　初版
ISBN	978-986-5933-48-7

定價　　350元

國家圖書館出版品預行編目資料

棄的故事 / 駱以軍著.
--初版. --新北市中和區：INK印刻文學，
2013.01 面；　公分. --（文學叢書；343）

ISBN 978-986-5933-48-7 （精裝）

851.486　　　　101021215